AF302956

GUÍA DE LECTURA

Escrita por Valentine Hanin
y Alexandre Randal
Traducida por Laura Bernal Martín

Reencuentro

de Fred Uhlman

Entiende fácilmente la literatura con

ResumenExpress.com

www.resumenexpress.com

FRED UHLMAN

ESCRITOR INGLÉS DE ORIGEN ALEMÁN

- **Nacido en 1901 en Stuttgart (Alemania)**
- **Fallecido en 1985 en Londres (Inglaterra)**
- **Algunas de sus obras:**
  - *Brilla el sol en París* (1960), autobiografía
  - *Reencuentro* (1971), novela
  - *Un alma valerosa* (1985), novela

Fred Uhlman nace en 1901 en Alemania en el seno de una familia judía poco practicante. En los albores de su adolescencia estalla la Primera Guerra Mundial (1914-1918), lo que desencadena una crisis metafísica en el autor. Primero le decepcionará la religión, y después su patria.

Después de realizar estudios de Derecho, Uhlman trabaja como abogado. Pero las tensiones entre nazis y comunistas se multiplican, el antisemitismo crece y, en 1933, Hitler (1889-1945) llega al poder democráticamente. Entonces, Uhlman abandona Alemania y marcha a París antes de instalarse en Inglaterra. A partir de 1940, se dedica plenamente a sus dos pasiones, la pintura y la escritura. En 1960 publica su autobiografía, *Brilla el sol en París*, y en 1971 su novela *Reencuentro*.

REENCUENTRO

LOS JÓVENES DE LA ALEMANIA NAZI

- **Género:** novela
- **Edición de referencia:** Uhlman, Fred. 2006. *Reencuentro*. Traducido por Eduardo Goligorsky. Barcelona: Tusquets, colección *Fábula*
- **Primera edición:** 1971
- **Temáticas:** amistad, nazismo, guerra, exilio, separación

Reencuentro, a medio camino entre novela corta y novela, es un breve relato que cuenta el encuentro y la amistad pasional que surge entre dos adolescentes de la Alemania de finales de los años treinta. El narrador es Hans, un chico de origen judío. Konradin, por su parte, procede de una familia de condes alemanes. Su amistad evoluciona y se degrada con el ascenso del régimen nazi y los acontecimientos que derivan del mismo como telón de fondo.

El relato no es solo un testimonio sobre la vida

de la época y sobre los cambios que sufren los judíos durante este periodo. Por encima de todo, es una verdadera oda a la amistad y a los impulsos románticos propios de la adolescencia. La novela, rechazada durante mucho tiempo por las editoriales, se publica en inglés en 1971. La primera traducción al español aparece en 1987.

RESUMEN

Hans Schwarz es un joven estudiante de Stuttgart que vive en la Alemania de antes de la guerra, relativamente tolerante y pacífica. El joven procede de una familia judía de la pequeña burguesía y lleva una existencia tranquila, como todos los jóvenes de su entorno. No cuenta con amigos de verdad porque, como heredero de la poesía romántica alemana que tanto le apasiona, aún no ha encontrado a nadie a la altura de sus expectativas, digno de compartir sus secretos y sus reflexiones sobre el mundo, la religión y las artes.

Es entonces cuando llega a su escuela Konradin von Hohenfels, un joven conde que pertenece a una de las familias más prestigiosas de Alemania, de la que han salido algunos miembros ilustres que han influido en gran medida en la historia del país. Es elegante y se muestra seguro de sí mismo, casi regio. La seguridad y la prestancia del joven Konradin fascinan enseguida a Hans, que no sale de su asombro ante tanto prestigio.

A partir de ese momento, hace todo lo que está en su mano para ganarse la amistad del conde: estudia más para destacar en clase, participa en ejercicios peligrosos en clase de gimnasia, etc. Pero a Konradin no parece impresionarle esta muestra de devoción.

Sin embargo, un día de finales de invierno, Hans se cruza con Konradin en la calle y, de manera inesperada, este último se dirige a él y le da un apretón de manos: «[...] por fin había encontrado a alguien que podía encarnar mi ideal de la amistad» (Uhlman 2006, cap. 4). A partir de ese momento, los dos adolescentes no se separan el uno del otro y desarrollan una amistad irrompible. Su pasatiempo favorito es dar largos paseos, conversar sobre los poetas alemanes, sobre la existencia de Dios y sobre la ciencia.

La inquietante evolución de Alemania hacia un antisemitismo cada vez más violento no parece preocupar a estos dos jóvenes en un principio. Sin embargo, Hans observa los primeros signos de distanciamiento en la madre de Konradin, a la que nunca ve pero que, según las explicaciones de su amigo, odia a los judíos y los considera demonios salidos del infierno. Como consecuencia,

Konradin debe ocultar su amistad con Hans a pesar de que no comparte las convicciones de su madre. Poco a poco, este último comienza a sufrir el antisemitismo reinante, sobre todo cuando sus compañeros de clase le intimidan y le amenazan. Su amistad se rompe cuando Konradin, que asiste con sus padres a una representación de *Fidelio* (ópera de Beethoven), se encuentra de repente con Hans y le ignora. Hans se siente traicionado y considera que Konradin ha elegido su bando: el de los nazis. «Ambos sabíamos que ya nada sería como antes y que ése era el comienzo del fin de nuestra amistad y de nuestra infancia» (Uhlman 2006, 15).

En vista de la gravedad de la situación, cuando el dictador llega al poder y tras una riña con un estudiante nazi, el padre de Hans decide enviarlo a los Estados Unidos para que pueda continuar sus estudios. Hans se siente desarraigado.

Treinta años más tarde, recibe una carta en la que solicita su contribución financiera procedente de su antigua escuela, el Karl Alexander Gymnasium. Junto a esta carta encuentra una lista con los nombres de sus antiguos compañeros muertos durante la guerra. Tras un largo periodo de duda mezclada con miedo, Hans decide a mirar si el nombre de su amigo, al que ha perdido la pista, aparece en la lista. Descubre con sorpresa que Konradin fue ejecutado por participar en un complot contra Hitler.

ESTUDIO DE LOS PERSONAJES

HANS SCHWARZ

Hans Schwarz, un judío alemán de 16 años, es el narrador de la historia. Vive con sus padres en Stuttgart. Su padre es médico. El joven, bastante tímido y reservado, es inteligente y muy culto, y lo que más le interesa es su colección de monedas antiguas y la literatura romántica alemana. De naturaleza solitaria, su existencia cambia el día en que Konradin von Hohenfels llega a la escuela de enseñanza media Karl Alexander Gymnasium. Este se muestra distante con él al principio, pero un día acude a su encuentro después de clase: a partir de ese momento tejen lazos de amistad. «A partir de ese día fuimos inseparables» (Uhlman 2006, cap. 6). Comparten el mismo interés por las conversaciones sobre el sentido de la vida, la religión, el arte, etc.

Su amistad tiene cada vez más valor y pronto pasan todo el tiempo juntos: el mundo que les rodea ya no parece tener la menor importancia.

Hans invita a Konradin a su casa y conoce a sus padres, a los que les impresiona recibir a un conde Von Hohenfels en su casa. Sin embargo, su relación se deteriora, ya que Hans se da cuenta de que Konradin solo le invita a su casa cuando sus padres no están, debido a que la madre de este último es una feroz antisemita. Durante una velada en el teatro, Hans ve a Konradin con sus padres, pero su amigo le ignora: «De repente me vio, sonrió, se llevó la mano a la solapa como si quisiera eliminar una mota de polvo... y pasaron de largo» (Uhlman 2006, cap. 15). Después de este episodio, los dos jóvenes se alejan irremediablemente el uno del otro. Hans, víctima del auge del nazismo (riña y comentarios antisemitas de Bollacher, un estudiante antisemita) en su escuela, se traslada a los Estados Unidos para continuar sus estudios. Más tarde se convierte en un reconocido abogado.

KONRADIN VON HOHENFELS

Konradin von Hohenfels llega a la escuela Karl Alexander Gymnasium en febrero de 1932. Procede de un famoso e ilustre linaje de condes alemanes que han desempeñado un papel importante en la historia de Alemania. El glorioso relato de sus antepasados se describe brevemente en el capítulo 2.

El primer capítulo ofrece muchos elementos sobre la apariencia física de Konradin: «Lo que me impresionó, y probablemente impresionó a todos los otros más que cualquier otra cosa, más que su porte aplomado, su aire aristocrático y su tenue sonrisa ligeramente altanera, fue su elegancia» (Uhlman 2006, cap. 1).

Rápidamente, Konradin se convierte en un blanco para el joven Hans que, fascinado por su prestigio, hará todo lo posible para ganarse su amistad. Aunque lo consigue, la madre de Konradin, muy antisemita, no respalda el hecho de que su hijo sea amigo de un judío. Por eso, cuando acude con sus padres a ver una función teatral y se encuentra con Hans, finge no verlo. Este episodio lleva a un cambio profundo en su relación: durante la discusión que tienen al día siguiente, Konradin le confiesa lo que siente por él: «Sabes que eres mi único amigo. Y sabes que te estimo más que a cualquier otro» (Uhlman 2006, cap. 15). Entonces le confiesa que se ha comportado así porque su madre es muy antisemita y no lo tolera por su religión. La amistad entre los dos amigos se rompe.

Antes de la marcha de Hans a los Estados Unidos, Konradin le escribe una carta en la que le revela que tiene fe en Hitler y que cree firmemente en lo que dice: «Sólo él puede salvar a nuestra amada patria del materialismo y del bolchevismo, sólo merced a él Alemania podrá reconquistar la influencia moral que ha perdido por sus propios desvaríos» (Uhlman 2006, cap. 17). La carta termina, sin embargo, con una declaración de amistad por parte de Konradin: «¡Siempre te recordaré, querido Hans! Has influido mucho en mí» (*ib.*).

A pesar de confesar abiertamente que está a favor de Hitler, Konradin se volverá contra este unos años más tarde y morirá ejecutado por participar en un atentado que pretendía acabar con la vida del Führer.

LOS PADRES DE HANS Y DE KONRADIN

Los padres de Hans son personas amables, atentas y tolerantes. Ambos están totalmente comprometidos con su nación. El padre de Hans es un médico condecorado con la cruz de hierro por sus acciones durante la Primera Guerra Mundial. De origen judío, no poseen ninguna convicción religiosa real. Se muestran muy amables con Konradin, que pasa mucho tiempo en su casa.

Los padres de Konradin están muy poco presentes en la historia, y aparecen poco. Sabemos, sin embargo, que el padre es un embajador aristocrático y altivo. La madre, por otra parte, descendiente de una distinguida familia polaca, es antisemita y partidaria incondicional de Hitler. Konradin explica a su amigo que ve la amistad entre ellos con muy malos ojos: «[…] odia a los judíos. […] Les teme, aunque nunca ha conocido a alguno. […] Piensa que el hecho de que me vean contigo es una mácula sobre el blasón de los Hohenfels» (Uhlman 2006, cap. 15). Por eso Konradin nunca presenta a Hans y únicamente lo invita a su casa cuando está solo. Esto aumentará las dudas de Hans sobre los verdaderos sentimientos de Konradin hacia él.

LOS COMPAÑEROS DE CLASE

El relato ofrece pocos datos concretos sobre los compañeros de clase de Hans. Solo se describe a algunos, como a Bollacher, un joven grosero y antisemita, así como al «Caviar de la clase», un grupo de tres chicos que se hacen pasar por intelectuales y que tratan al resto de la clase con un cierto desprecio.

Sin embargo, es importante señalar que este grupo de jóvenes adolescentes representa un tipo de microsociedad que refleja la sociedad alemana de la época, con sus transformaciones, sus clases sociales, sus elegidos y sus acosados.

Antes de la aparición generalizada del nazismo, los camaradas de Hans se mostraban bastante indiferentes a su religión y nunca le molestaban de verdad. Pero cuando Hitler accede al poder, algunos compañeros cambian radicalmente de comportamiento y Hans es víctima de insultos y burlas.

LOS PROFESORES

El estrado de la clase de Hans y Konradin lo

comparten dos profesores. El primero, Herr Zimmermann, es un hombre amable y bondadoso que se ha resignado a su triste condición de profesor. El segundo, Herr Pompetzki, el nuevo profesor de Historia, no aparece hasta el final del relato y es un nazi convencido que propaga las tesis hitlerianas por la escuela.

En *Reencuentro* solo aparecen estos dos profesores, que, al igual que los compañeros de clase, representan dentro del recinto de la escuela la terrible evolución que experimenta la Alemania de la época. Herr Zimmermann simboliza el periodo de calma durante el cual los judíos —y por tanto Hans— pierden poco a poco su lugar dentro de la sociedad alemana. La llegada de Herr Pompetzki, por su parte, refleja la escalada del nazismo en el país y simboliza una verdadera transición para Hans:

> «Mas cualesquiera que fueran los juicios de los alumnos acerca de Pompetzki y sus teorías, su aparición hizo modificar toda la atmósfera de la noche a la mañana. Hasta entonces nunca había tropezado con una hostilidad mayor que la que se observa normalmente entre muchachos de distintas clases y gustos. [...]. Pero una mañana,

al llegar a la escuela, oí que detrás de la puerta cerrada de mi aula surgía el clamor de una violenta discusión. "Los judíos", oí decir, "los judíos." Estas fueron las únicas palabras que pude percibir, pero se repetían como un estribillo, y la pasión con que las pronunciaban era innegable» (Uhlman 2006, cap. 16).

Poco después de la llegada del profesor Pompetzki, Hans debe marcharse urgentemente de Alemania para refugiarse en los Estados Unidos.

CLAVES DE LECTURA

UN RELATO CON UN GÉNERO INDEFINIDO

La naturaleza del relato es poco precisa: no parece que nada indique claramente en qué género nos encontramos. Durante la lectura surgen algunas preguntas: ¿la historia es autobiográfica o se inscribe dentro de la ficción? ¿Es una novela o una novela corta?

¿Autobiografía o ficción?

Si tenemos en cuenta los obvios vínculos que existen entre el autor y su protagonista (la descripción de la escuela y de sus compañeros de clase, el amor por su región, el exilio forzado y el desarraigo a su patria querida), el lector se pregunta si el relato se basa en la vida del autor. El escritor responde a esta pregunta en una entrevista en *Libération* del 28 de febrero de 1985, en la que afirma que una mitad del relato es autobiográfica y la otra mitad es ficción (Hans es diferente a él, las relaciones con sus padres distan mucho de ser comparables y nunca existió una amistad tan fuerte con un chico como Konradin). Por lo tanto, la trama no procede realmente de los recuerdos del autor.

Un elemento clave que hace dudar al lector sobre la veracidad de la historia radica en el hecho de que el narrador comienza a escribir tras recibir una carta de la escuela en la que estudió treinta años antes. Lo que utiliza aquí Uhlman es un procedimiento típico de las novelas de los siglos XVIII y XIX: el descubrimiento de un antiguo pergamino, cartas anónimas o papeles importantes justifican la escritura del narrador. Tiene que contar su historia, compartir su descubrimiento para la posteridad. La presencia de este elemento en *Reencuentro* demuestra el importante papel que desempeña la ficción en el texto.

¿Novela o novela corta?

¿Cómo describir *Reencuentro*? Es demasiado breve para tratarse de una novela, pero posee algunas características de la misma. Por ejemplo, las descripciones precisas de los personajes, los lugares en los que se desarrolla la acción y los sentimientos que manifiestan los protagonistas aportan a este conciso relato una dimensión novelesca innegable.

Sin embargo, el número de páginas, los capítulos cortos y la importancia del desenlace lo acercan más al género de la novela corta. Esta, por su brevedad, posee una tensión y, gracias a un desenlace a menudo inesperado, deja al lector sumido en unas expectativas que él mismo debe satisfacer al imaginar lo que habría podido pasar si la historia no se hubiera interrumpido de forma tan brusca. Baudelaire (poeta francés, 1821-1867) explica en sus *Nuevas notas sobre Edgar Poe*: «En relación con la novela, [la novela corta] cuenta con una enorme ventaja, y es que su brevedad añade intensidad al efecto. Esta lectura, que puede culminarse de una vez, deja en el espíritu un recuerdo más presente que una lectura cortada, interrumpida [...]»[1] (Baudelaire s. f., cap. 3).

Reencuentro mezcla la precisión y la riqueza del arte novelesco con la brevedad y la intensidad que solemos observar en las novelas cortas.

---

1. Cita traducida por ResumenExpress.com

UNA AMISTAD TEÑIDA DE ROMANTICISMO

Las temáticas abordadas en *Reencuentro* se inspiran en gran medida en las de la literatura romántica alemana del siglo XIX, con la que Uhlman disfruta especialmente. De hecho, crece con las obras de Goethe (escritor alemán, 1749-1832) y de Hölderlin (poeta alemán, 1770-1843). Así el autor desarrolla en su relato motivos románticos como la expresión de sentimientos personales, la exaltación del yo, la búsqueda de un ideal, la fusión de las almas con la naturaleza y la ruptura repentina entre un pasado grandioso e idealizado y un presente cruel.

Algunos de estos elementos aparecen directamente en el tema principal del relato, es decir, el nacimiento de una amistad sincera, vehemente, única y absoluta entre dos adolescentes impetuosos y apasionados por la literatura romántica alemana. La adolescencia es un periodo exigente, a veces ingrato, durante el que todos buscamos un absoluto, un ideal, un sentido a la vida y a la religión. Se trata de un periodo desgarrador —en la medida en que el paso entre la infancia y la edad adulta puede ser dolorosa— y fascinante, ya que ofrece la posibilidad de construirlo todo. Este paso es más sencillo si un amigo, un compañero de juegos, de reflexiones y de secretos, lo acompaña con su condescendencia. Este es el motivo por el que la amistad entre Hans y Konradin es tan intensa y tan importante para ellos. Ambos encuentran en la figura del otro un guía.

Pero en una relación de amistad a veces surgen desilusiones o momentos de debilidad, que en ocasiones pueden llevar a la traición. De hecho, Hans duda repetidamente de los sentimientos amistosos de su compañero al darse cuenta de que este último solo le invita a su casa cuando sus padres están fuera, por ejemplo, o cuando Konradin finge no ver a su amigo en una velada de ópera. Solo después de algunas excusas incómodas y de las preguntas insistentes de Hans, Konradin le confiesa la verdad: el odio de su madre hacia los judíos. Después de este doloroso episodio, la amistad entre Konradin y Hans cambia, y Hans se da cuenta de que esta ya no está a la altura de sus expectativas, que implican sacrificio, entrega y grandeza de espíritu. Sin embargo, ¿qué debe pensar Hans treinta años después de estos difíciles acontecimientos, cuando descubre con sorpresa que su mejor amigo, al que ha intentado olvidar durante tantos años, murió al participar en un complot contra Hitler?

Un alma valerosa, una novela que se publica de manera póstuma a petición del autor, es la contraparte de la misma historia de amistad entre Konradin y Hans.

En 1944, cuando a Konradin solo le quedan dos días de vida antes de su ejecución, consecuencia de su participación en un atentado contra Hitler, le escribe a Hans, el narrador de _Reencuentro_, una carta llena de afecto y de arrepentimiento sobre la amistad que mantuvieron en el pasado. En su confesión, Konradin explica lo que le atrajo inicialmente cuando se adhirió al partido nazi y los motivos por los que finalmente decidió participar en el complot que buscaba acabar con la vida de Hitler.

UNA PEQUEÑA HISTORIA INSERTA EN LA HISTORIA

Un marco histórico real

El año 1932 es crucial para Alemania: Hitler está más cerca del poder, al que llegará al año siguiente. Al principio del relato aparece una frase que ofrece al lector una valiosa indicación temporal: «Ingresó en mi vida en febrero de 1932 y ya no ha salido de ella» (Uhlman 2006, cap. 1). El ascenso del régimen nazi en Alemania, sin embargo, aparecerá de manera imperceptible en el libro.

En 1923, Adolf Hitler decide orquestar un golpe de Estado para hacerse con el poder. Sin embargo, el intento fracasa y Hitler termina en prisión. Durante el tiempo que pasa en la cárcel, se dedica a escribir *Mein Kampf* («*Mi lucha*»), su programa político basado en un racismo visceral contra los judíos. Hitler aprovecha el antisemitismo latente en Alemania, así como la frustración creada por el Tratado de Versalles (1919) y las sanciones tomadas contra el país tras la derrota de 1918 para proponer sus ideas y su programa político con el objetivo de enderezar el rumbo de Alemania y construir un régimen del que él mismo sería el Führer (el «líder», el «guía»).

Tras el colapso bursátil de 1929, Alemania se encuentra en plena recesión económica y el número de desempleados se sitúa en la cifra récord de seis millones. El país atraviesa una crisis económica, política y social sin precedentes. Las elecciones legislativas de septiembre de 1930 permiten al partido nazi realizar una grandiosa entrada en el tablero político al ganar el 18,3 % de los votos, convirtiéndose así en un partido político al que no hay que perder de vista. Además, el sistema propagandístico empieza a establecerse y las SA («Secciones de Asalto»), las tropas armadas de Hitler, instauran un clima de gran violencia. Todo esto sumerge al país en un estado de tensión y de continua violencia. La amistad entre Konradin y Hans comienza cuando el partido nazi ya goza de una fuerte popularidad y no para de crecer.

En las elecciones parlamentarias de julio de 1932, mencionadas en la novela, los nazis duplican su éxito y obtienen el 37,3 % de los votos. Esta cifra sitúa a 230 diputados nazis en el parlamento alemán y convierte al partido nazi en el primer partido de Alemania. Hitler se convierte democráticamente en canciller en enero de 1933 y asume plenos poderes a partir de marzo en las últimas elecciones democráticas antes del final de la guerra. A partir de ese momento se establece en Alemania un régimen dictatorial y antisemita. Al mes siguiente, se lanzan las primeras acciones antisemitas.

En el capítulo 16 aparecen los primeros signos del antisemitismo que afectará a Alemania en los próximos años: Hans es acosado e intimidado por su pertenencia a la comunidad judía. Esta estigmatización se vuelve cada vez más feroz y conducirá al exterminio de más de seis millones de personas entre las poblaciones judías de Alemania y Europa.

La historia oculta

Al leer las primeras páginas de *Reencuentro*, el lector puede creer que se encuentra ante un enésimo testimonio sobre la Shoá y el ascenso del nazismo en Alemania, pero enseguida es sorprendido por los pocos datos que el relato ofrece sobre estos años oscuros de la historia del país.

En efecto, es sorprendente constatar que los períodos correspondientes al encuentro entre los dos adolescentes y al nacimiento de su amistad se describen con mucha más precisión y detalles temporales, mientras que la conversión de Alemania al nazismo y la huida de Hans solo se mencionan brevemente: «Así fue cómo [*sic*] quedó resuelto. Dejé la escuela en Navidad, y el 19 de enero, día de mi cumpleaños, casi exactamente un año después de que Konradin entrara en mi vida, emprendí viaje rumbo a América» (Uhlman 2006, cap. 17).

Aunque la narrativa no carece de fechas, estas se refieren más especialmente a la vida íntima de Hans (la entrada de Konradin en su clase en febrero de 1932, su primera discusión el 15 de marzo, la marcha definitiva de Hans el 19 de enero de 1933) o al pasado legendario y glorioso de Alemania.

La relativa ausencia de detalles específicos sobre los trágicos acontecimientos de la Segunda Guerra Mundial (1939-1945) puede suscitar interrogantes. Sin embargo, el análisis del relato muestra claramente que la ausencia de historia no es una negación de la misma, puesto que esta se encuentra bien representada en la obra a través de la omisión del autor de la ceguera de los padres de Hans ante los acontecimientos, y de la mirada de Hans, más atraída por su amigo que por la actualidad. Esta ocultación de la historia es más bien un intento del autor por recordarnos que muchas personas no se dieron cuenta de lo que pasaba a su alrededor y no tuvieron tiempo de comprenderlo.

LA OPERACIÓN VALKIRIA

A pesar de todo, un importante acontecimiento histórico encuentra su lugar en la historia de los dos amigos. En el capítulo 17, Konradin envía una carta de despedida a su amigo. Habla de Hitler y su adhesión a los argumentos defendidos por el régimen nazi, afirmando que confía en él. Sin embargo, Hans se entera muchos años después de que Konradin ha sido ejecutado por el régimen nazi por su participación en el atentado fallido contra Hitler. Este último se encontraba entonces en su cuartel general de Rastenburg (Prusia Oriental) analizando los mapas de la situación militar en el frente oriental. Aquí, Fred Uhlman se inspira en un hecho real: el atentado contra Hitler que tiene lugar el 20 de julio de 1944, conocido como Operación Valkiria. El conde Claus von Stauffenberg (1907-1944), oficial del ejército alemán, es el que ordena el ataque y coloca la bomba. Hitler resulta herido leve.

Puede que el autor se haya inspirado en este resistente alemán para perfilar el personaje de Konradin, ya que se parecen en ciertos aspectos (procedencia noble, nombre similar, participación en el atentado contra Hitler). Sin embargo, Konradin no es Claus, que nace en 1907, ya que el principio del relato data de 1932 y escenifica a Konradin y Hans todavía en edad escolar. En 1932, Claus von Stauffenberg ya tenía 25 años.

PISTAS PARA LA REFLEXIÓN

ALGUNAS PREGUNTAS PARA PROFUNDIZAR EN SU REFLEXIÓN

- ¿Cuáles son los primeros elementos concretos que permiten sentir en la vida cotidiana de Hans el ascenso al poder del nazismo?
- ¿Cómo podemos explicar el título que Fred Uhlman le pone a su obra, *Reencuentro*?
- ¿Debemos considerar este libro como un relato corto o más bien como una novela? Justifique su respuesta con la ayuda de ejemplos extraídos del texto.
- Como el propio autor afirma, una parte del libro es verídica mientras que la otra es inventada. Para usted, ¿esto hace que el valor de la obra sea menor? ¿Por qué?
- Tras la disputa sobre las opiniones de la madre de Konradin, la relación entre los dos amigos se enfría. ¿A qué se debe? ¿Cree que Konradin culpa a Hans y lo rechaza de verdad? ¿Por qué?
- Konradin no comparte las ideas nazis abierta-

mente, ya que participa en el complot contra Hitler. Sin embargo, parece que no defiende a su amigo ante su madre, que odia a los judíos. ¿Cómo puede explicarse esto?

- ¿Cómo ve la amistad el narrador?
- ¿Qué procedimientos utiliza el autor al principio del relato para evocar en pocas líneas un gran número de años? Explique su respuesta.
- ¿Qué parecidos y diferencias existen entre *Reencuentro*, *Paradero desconocido* de Katherine Kressmann Taylor y *Silbermann* de Jacques de Lacretelle?

¡Su opinión nos interesa!
¡Deje un comentario en la página web de su librería en línea,
y comparta sus favoritos en las redes sociales!

PARA IR MÁS ALLÁ

EDICIÓN DE REFERENCIA

- Uhlman, Fred. 2006. *Reencuentro*. Traducido por Eduardo Goligorsky. Barcelona: Tusquets, colección *Fábula*.

ESTUDIOS DE REFERENCIA

- Baudelaire, Charles. 2012. "Notes nouvelles sur Edgar Poe". *Wikisource*. Consultado el 29 de noviembre de 2017. https://fr.wikisource. org/wiki/Nouvelles_Histoires_extraordinaires/ Notes_nouvelles_sur_Edgar_Poe

- RTBF info. 2012. "Comment Hitler est-il arrivé au pouvoir?". *Storify*. Consultado el 29 de noviembre de 2017. https://storify.com/rtbfinfo/ comment-hitler-est-il-arrive-au-pouvoir

- Durand, Jean-Jacques. s. f. "La transformation allemande". *La guerre du millénaire*. Consultado el 29 de noviembre de 2017. http://secondeguerre. net/hisetpo/av/hp_transfoallemande.html

- Gournay, Virginie y Yves-Marie Le Troquer. 2012. *"L'Ami retrouvé* (Reunion), un film de Jerry Schatzberg, 1989". *CNDP*. Septiembre. Consultado el 29 de noviembre de 2017. https://www.ac-caen.fr/dsden61/ress/culture/cinema/college_cinema/ressources/dossiers-films-colleges/dossiers-peda-college-cinema.xhtml

- Encyclopédie multimédia de la Shoah, "La mise en place de la dictature nazie". Consultado el 29 de noviembre de 2017. https://www.ushmm.org/wlc/fr/article.php?ModuleId=61

- Iskandar, Kara. 2010. "Opération Walkyrie: l'attentat contre Hitler (20 juillet 1944)". *Histoire pour tous*. 20 de julio. Consultado el 29 de noviembre de 2017. http://www.histoire-pour-tous.fr/dossiers/87-seconde-guerre-mondiale/3010-operation-walkyrie-lattentat-contre-hitler-20-juillet-1944.html

- Uhlman, Fred. 2000. *La Lettre de Konradin*. París: Stock, colección *La cosmopolite*.

- Uhlman, Fred. 1996. *Un alma valerosa*. Traducido por José Manuel de Prada. Barcelona: Ediciones del Bronce, colección *Cuadernos del bronce*.

ResumenExpress.com

www.resumenexpress.com

ISBN ebook: 9782808007078

ISBN papel: 9782808007085

Depósito legal: D/2017/12603/922

Cubierta: © Primento

Libro realizado por Primento*, el socio digital de los editores*

TELEFOONWERVING

- **Probleem?** Wat zijn de belangrijkste strategieën en tips om uw telefoongesprekken effectiever te maken?

- **Waarom is het belangrijk?** *Telefoneren is een essentiële activiteit voor elk bedrijf. Het draagt bij tot de uitbreiding van een klantenkring en bevordert zo de duurzaamheid van uw bedrijf.*

- **Context?** Verkoopaanpak, klantenprospectie, marketing, verbale communicatie, enz.

- **FAQ?**

  - Hoe kom je voorbij de secretariaatsbarrière?

  - Hoe een telemarketingcampagne opvolgen en beheren?

  - Hoe volg je een potentiële klant effectief op?

  - Hoe kan ik me voorbereiden op onverwachte situaties?

  - Hoe blijf ik kalm als het prospect boos wordt?

  - Hoe anticiperen op mogelijke bezwaren?

  - Hoe zorg ik ervoor dat een prospect akkoord gaat?

Het nut van telefonische prospectie wordt over het algemeen onderschat. Het is echter essentieel voor de goede ontwikkeling van een bedrijf. Het kan namelijk een snelle en efficiënte manier zijn om uw adresboek te vergroten en uw bedrijf bij potentiële klanten te promoten.

Het is echter belangrijk te weten hoe het correct moet worden uitgevoerd, want anders zal dit werk vermoeiend en zelfs ontmoedigend zijn. Het prospect dat u probeert te bereiken is toch niet altijd beschikbaar of zelfs maar geïnteresseerd in uw project. Een hele reeks redenen kan hen ertoe aanzetten op te hangen, wat een zware slag toebrengt aan je moreel.

Telefonische werving is een echte marketingstrategie die men moet leren beheersen door verschillende principes in acht te nemen. De aanpak beantwoordt namelijk vooral aan een knowhow die weinig ruimte laat voor improvisatie. Tegenwoordig heeft de professionalisering van deze commerciële techniek geleid tot een groot aantal methoden waarmee u, als u ze beheerst, alle valkuilen kunt vermijden.

In vier stappen en met behulp van een aantal tips kunt u uw kansen op succes bij telefonische prospectie maximaliseren en uw prestaties op het gebied van klantenwerving maximaliseren. Hoewel dit boekje bedoeld is om u op weg te helpen naar succes, moet u beseffen dat er geen wonderformule bestaat. Alleen met oefening en training zul je je doelen bereiken.

DE GRONDBEGINSELEN VAN EEN UITSTEKENDE TELEPROSPECTEUR

DE VOORBEREIDING

Het heeft geen zin om uw prospects te gaan bellen als uw werkomstandigheden niet geschikt zijn. Er zijn een aantal dingen waar u rekening mee moet houden om ervoor te zorgen dat u zich op uw gemak voelt wanneer u belt.

Ken uw product

Het is logisch: begin niet met prospectie voordat u een grondig begrip hebt van het product of de dienst die u wilt verkopen, vanuit elke hoek. Het is met name zeer nuttig om onderzoek te doen naar uw belangrijkste concurrenten om te weten te komen wat zij aanbieden en de punten te noteren die u onderscheiden. Wanneer u gesprekken voert, kunt u zich vervolgens richten op specifieke elementen die u een voorsprong geven op uw concurrenten. Immers, uw concurrenten bellen waarschijnlijk dezelfde prospects...

Een gedetailleerd prospectusbestand aanleggen

De eerste stap voordat u begint is het voorbereiden en bewerken van uw lijst met prospects. Het is uiteraard essentieel om de persoon en het bedrijf waarmee u contact gaat opnemen goed te kennen om te proberen hen te overtuigen, maar ook om te weten of zij beantwoorden aan de doelstellingen en profielen die u zoekt. Stel daartoe een volledig portret op van elke potentiële klant, inclusief:

- de volledige kenmerken van het bedrijf met zijn werkterrein, omzet, geschiedenis, actuele gebeurtenissen, werknemers en contactgegevens.

- de precieze naam van de persoon met wie u contact wilt opnemen, zijn of haar toestel en, indien mogelijk, zijn of haar rechtstreekse telefoonnummer. Zo vermijdt u de belemmeringen van het secretariaat.

Stel jezelf de volgende vragen:

- Wat is het precieze doel van mijn oproep (eenvoudig contact, het verkrijgen van een afspraak, onmiddellijke verkoop, enz.)

- Wie is mijn contactpersoon? Heb ik al eerder contact met hem opgenomen? Wat is hun status in het bedrijf? Heeft hij of zij beslissingsbevoegdheid?

Door informatie **te verzamelen** kunt u weten tot wie u zich richt, maar ook verbanden leggen tussen uw doelstelling en uw doelgroep: probeer bijvoorbeeld belangen te identificeren die u gemeen heeft. In het digitale tijdperk is het gemakkelijk om dit te doen. Veel gegevens zijn te vinden op de website van het bedrijf of op sociale netwerken zoals Twitter, Facebook of LinkedIn. Natuurlijk moet u uw administratie bijhouden en regelmatig bijwerken.

Jezelf in de juiste omstandigheden brengen

Kies en bereid uw omgeving goed voor wanneer u telefoneert. Als u op een lawaaierige plaats bent met veel mensen om u heen, zult u zich moeilijk kunnen concentreren en zal de persoon met wie u praat extra moeite moeten doen om u te begrijpen. Dit alles maakt het niet gemakkelijker om in contact te komen met uw potentiele klant, die u misschien niet serieus neemt en ophangt zodra het gesprek is begonnen.

Voor een optimale werksfeer kiest u een rustige en geïsoleerde plek waar u zich in alle rust kunt uiten. Als u geen andere mogelijkheid hebt dan uw *open ruimte*, vertel uw collega's dan dat u een teleprospectie-sessie houdt, zodat zij uw werk respecteren.

Maak ook aantekeningen of neem uw gesprek op: alle informatie die uw prospect u geeft is waardevol, dus bewaar ze zorgvuldig!

 ## KLEIN PLUSPUNT

Telefoonwerving mag niet worden beschouwd als een secundaire taak in uw agenda. Zet een specifieke tijd in uw agenda wanneer u dit gaat doen en houd u daaraan. In zijn boek *Comment trouver et fidéliser vos clients* stelt Arnaud Cielle dat de ideale duur van een *telefonische* sessie tussen 1,5 en 3 uur ligt.

CONTACT MAKEN

De eerste indruk die u maakt op de beller is cruciaal en zal bepalen hoe goed het telefoongesprek verloopt. Als uw eerste woorden aarzelend of onhandig zijn, wordt uw imago negatief beïnvloed. Werken aan uw contact is dus een stap die niet mag worden verwaarloosd om een goede start te maken met uw prospect.

De interesse van het prospect wekken

Victor Cabrera, coach en consultant in verkoopeffectiviteit, legt in zijn artikelen uit dat, net als bij een fysiek contact, uw prospect in de eerste 20 seconden een mening over u vormt. Bovendien bepaalt volgens hem het eerste contact 80% van het resultaat van uw benadering: het beeld dat uw potentiële klant van u heeft, wordt bepaald door deze eerste indruk.

Wees dus sterk en duidelijk in uw eerste woorden: stel uzelf beknopt voor (uw naam en bedrijfsnaam) en breng vanaf het begin uw belangrijkste marketingboodschap over. Om dit te bereiken moet u zich onderscheiden van uw concurrenten. Benadruk de voordelen die uw prospect zal krijgen door met u te werken: een voordeel, een kwaliteit, een kenmerk, een aantrekkelijke prijs, enz.

Het doel is direct de interesse van uw prospect te wekken door banaliteiten te vermijden. U moet zich richten op een – zo specifiek mogelijke – behoefte van uw contactpersoon en in één zin aantonen hoe uw aanbod hem of haar in staat zal stellen daarin te voorzien:

besparingen, voordelen of bijzondere prestaties. Vandaar het belang van de hierboven ontwikkelde voorbereidingsfase, die u in staat stelt een goed beeld te krijgen van wat uw prospect interesseert en zo uw gesprekken te personaliseren.

Probeer dan een overeenkomst te sluiten. Het onderwerp van de overeenkomst mag niet rechtstreeks verband houden met uw einddoel. Het is gewoon een kwestie van de andere persoon te laten instemmen. Vraag uw prospect bijvoorbeeld: "Wilt u me nog een paar minuten geven? In de psychologie is het zelfs zo dat, volgens de bindingstheorie, het verkrijgen van de eerste toestemming van uw prospect, om welke reden dan ook (hoe onbeduidend ook), u een veel betere kans van slagen geeft in de rest van uw onderhandeling. Waarom? Omdat het menselijk brein, in een logica van consistentie, automatisch geneigd zal zijn in harmonie te blijven met zijn eerdere keuzes.

Leg je gesprekspartner dan een plan voor van hoe het gesprek zal verlopen: dit geeft je controle over het gesprek en laat zien dat je gestructureerd bent. Geef ten slotte aan hoeveel tijd u nodig heeft voor uw benadering, om te laten zien dat u professioneel bent en dat u zich ook bekommert om hun beschikbaarheid.

De juiste vragen stellen

Zodra het contact is gelegd, wordt u gevraagd een echt gesprek met uw prospect aan te knopen om:

- overtuig ze van de voordelen van je aanpak;

- hun behoeften beter definiëren door een schat aan informatie over hen te verzamelen.

Om deze twee doelstellingen te bereiken, moet u uw vragen nauwkeurig stellen. U zult uw gesprekspartner zowel open als gesloten vragen moeten stellen. Toon echte belangstelling voor uw prospect en zorg dat hij/zij betrokken wil raken bij het gesprek door:

- Vraag naar hun mening ("Hoe zie je het?", "Wat denk je?"). Dit geeft uw prospect de gelegenheid om een voor hem belangrijk onderwerp aan te geven en u de kans om er nota van te nemen;

- door hen te vragen naar hun behoeften en wensen;

- hem ondervragen over zijn bedrijf, zijn werk en zijn dagelijks leven.

Denk er dan aan om gesloten vragen te stellen als je:

- een bevestiging van uw begrip;

- feitelijke informatie (een cijfer, een datum, enz.);

- een bewering of ontkenning over een onduidelijk onderwerp.

Deze fase van het ontdekken en specificeren van de behoeften van uw prospect is essentieel. Door de soorten vragen te variëren en hun formulering aan te passen, kunt u de gewenste informatie verkrijgen. Vervolgens kunt u naar deze informatie verwijzen om uw argumentatie te verfijnen en vooral om te reageren op de bezwaren van uw prospect.

Stel niet te abrupt veel vragen, want dat kan de persoon aan de andere kant van de lijn snel uitschakelen en hem het gevoel geven dat u alleen maar een saaie enquête houdt.

HET ARGUMENT

Je hebt een veelbelovend eerste contact gelegd met je contactpersoon en hij is bereid naar je te luisteren. Nu moet u hen overtuigen van de waarde van uw product of dienst, door handig om te gaan met hun bezwaren. Je doel hier is om een afspraak te krijgen.

Argumenten ontwikkelen en reageren op bezwaren

Een goede argumentatie vereist de naleving van enkele basisregels en is gestructureerd in verschillende stappen:

- begin met het benadrukken van maximaal drie klantvoordelen. Meer hoeft u niet te zeggen, want dan verliest u de aandacht van uw prospect;

- Breng vervolgens argumenten aan met betrekking tot het probleem of de problemen die je gesprekspartner in de vorige stap aan de orde heeft gesteld. Het doel is hen het gevoel te geven dat uw aanbod is aangepast aan hun behoeften en dat u hun verwachtingen hebt onderkend;

- Geef ze tenslotte de tijd om op je argumenten te reageren.

Dan ontstaan er drie mogelijkheden:

- in het beste geval koopt uw prospect al uw argumenten;
- Hij is geïnteresseerd, maar heeft enkele bezwaren;
- het niet of niet volledig zo is en formuleert ook bezwaren.

KLEIN PLUSPUNT

Zie een bezwaar van een prospect niet als een mislukking. Vaak kunnen bezwaren in de verkoop tekenen van belangstelling van uw prospect onthullen, die eigenlijk op zoek is naar meer.

In de laatste twee gevallen – de meest voorkomende – moet u snel kunnen reageren. Hoe doe je dit? De eerste stap is om de situatie te accepteren en er vervolgens van te profiteren. U zult bijna nooit een verkoop kunnen afsluiten zonder dat uw tegenpartij bepaalde obstakels opwerpt. Leer hoe u deze obstakels kunt overwinnen om de balans in uw voordeel te laten doorslaan.

Daarvoor moet u eerst uitzoeken wat de reden van het bezwaar is. Stel zowel open als gesloten vragen. Aangezien de aard van het bezwaar zelden duidelijk is, moet u de tijd nemen om naar de bezorgdheid van uw prospect te luisteren, zodat u hem op passende wijze kunt geruststellen. Zo voorkomt u dat u overhaast te werk gaat en de verkeerde weg inslaat zonder te begrijpen waartegen zij werkelijk bezwaar hebben. Bovendien laat je hen zien dat je aandacht hebt voor hun situatie.

 TE VERMIJDEN

Hoewel het goed is om empathisch te zijn, moet u oppassen dat u uw prospect geen gelijk geeft door toe te geven dat uw aanbod gebreken vertoont. Gebruik taal als "Ik begrijp uw standpunt. Het is normaal dat je er vragen over hebt. Maar…" in plaats van "Je hebt gelijk".

Geef vervolgens een nauwkeurig en persoonlijk antwoord op het bezwaar van uw prospect. Hier moet u het type bezwaar onderscheiden waarmee u wordt geconfronteerd:

- Als uw gesprekspartner twijfelt, onderbouw dan uw woorden met de juiste feiten, zoals omzet, prestaties, resultaten van een onderzoek, enz. Feiten fungeren automatisch als gezaghebbende argumenten en helpen hen gerust te stellen. Het is aan jou om degene te vinden die de spijker op de kop slaat, in lijn met hun kritiek!

- Als er een echt bezwaar is, maak je een zogenaamde overgang. Dit doet u door het gesprek voorbij het punt van bezwaar te brengen door aan te tonen hoe bepaalde punten in uw aanbod nog steeds aansluiten bij de behoeften van uw prospect; kortom, door te vermijden over de kritiek zelf te praten. Om in deze stap succes te hebben, moet u de behoeften van uw prospect hebben ontdekt en de belangrijkste punten hebben opgeschreven, zodat u ze op dit punt naar voren kunt brengen. Zo kunt u de balans opmaken na het bezwaar.

Vat ten slotte alle bezwaren van je gesprekspartner samen – zo laat je zien dat je ze begrijpt – en bewijs vervolgens met A+B dat je aanbod aan hun behoeften voldoet. Sluit af met een vraag om te zien of ze al dan niet overtuigd zijn door je voorstel. Als het antwoord positief is, gefeliciteerd!

Zo niet, doorloop dan het proces opnieuw: stel een nieuwe vraag om erachter te komen waarom. Als er twijfel bestaat, vraag uw prospect dan welk bewijs hem waarschijnlijk zal overtuigen en probeer dat te leveren, of bied ander bewijs aan. Als er een echt bezwaar is, zijn uw argumenten niet sterk genoeg geweest. U kunt altijd proberen voordelen toe te voegen om hen uw kant te laten kiezen (een klantenbonus, een langere garantie, een proefperiode, enz.) Idealiter sluit u in deze situatie af met een opening, zodat u een legitiem excuus hebt om opnieuw contact op te nemen.

Het onderstaande schema toont de verschillende stappen die moeten worden gevolgd om een overtuigend argument te ontwikkelen en alle bezwaren van uw prospect te behandelen.

Beheersvorm: mondelinge taal

Maar het beheersen van de inhoud van je betoog is niet voldoende om elke strijd te winnen; je moet ook de vorm, d.w.z. de mondelinge taal, beheersen! Veel koude bellers falen vaak in hun telefonische prospectie omdat hun mondelinge communicatie niet goed is. Daar kunnen verschillende redenen voor zijn:

- stress;

- aarzelingen;

- slechte articulatie;

- stotteren;

- te snelle stroom;

- gebrek aan intonatie;

- kou in de stem;

- enz.

Om dit soort situaties te vermijden, presenteren wij hier enkele snelle en eenvoudige oefeningen om u te helpen u meer op uw gemak te voelen wanneer u aan de telefoon spreekt:

- Haal diep adem en drink wat water om je keel leeg te maken;

- warm je je stem op door te gapen, te lachen of de klinkers te reciteren;

- Als je belt en tijdens het gesprek, dwing jezelf te glimlachen. Dit zal blijken uit de empathie in je stem;

- articuleren. Uw boodschap moet hoorbaar zijn voor de persoon tot wie u spreekt. Oefen hiervoor alleen of met een vriend door een gesprek te simuleren;

- spreek in een tempo dat niet te langzaam en niet te snel is. Het doel is om intonatie toe te voegen en je woorden tot leven te brengen;

- Gebruik geen te technische of wetenschappelijke woordenschat of te bekende taal. Geef de voorkeur aan klassieke en begrijpelijke taal. Voeg visuele taal toe zodat uw prospect uw aanbod beter kan visualiseren;

- Wees positief in de woorden die je gebruikt. Gebruik bijvoorbeeld woorden als voordeel, winst, winst, voordeel of groei, en vermijd woorden als moeilijkheid, obstakel, verlies, gevaar of angst;

- Houd uw zinnen kort, krachtig en, indien mogelijk, in de tegenwoordige tijd. Vermijd verstrikt te raken in eindeloze monologen;

- pauzeer in je toespraak om op adem te komen en de cliënt de kans te geven om te spreken. Stiltes kunnen net zo nuttig zijn als argumenten.

👁 GOED OM TE WETEN.

Uw prospect is in de eerste plaats geïnteresseerd in het vervullen van zijn behoeften. Maar ze willen zich ook verbonden voelen met de verkoper die contact met hen opneemt. U kunt alle argumenten van de wereld aanvoeren, maar als het prospect zich niet op zijn gemak voelt bij u, zal uw aanbod niet veel kans van slagen hebben.

Uw aanbod verfraaien: *storytelling*

Storytelling is gewoon een verhaal vertellen aan je publiek. Maar niet zomaar een verhaal! Het gaat erom dat je op een andere manier over je product praat door middel van een verhaal, zodat mensen het willen kopen. Het doel is positieve emoties bij het vooruitzicht te ontwikkelen door een verhalende stijl te gebruiken.

In de structuur van je verhaal moet je de essentiële elementen van een goed verhaal opnemen: een beginsituatie, een storend element, een held, obstakels, een zoektocht en een oplossing. Het mag echter geen sprookje zijn; het moet geloofwaardig en realistisch zijn. Laat u bijvoorbeeld inspireren door *succesverhalen* van klanten van uw bedrijf.

Om het prospect te raken door uw verhaal, begint u met het aanspreken van hun emoties door een probleem te noemen waarmee zij zich kunnen identificeren. Doe dan een beroep op hun logica door oplossingen te formuleren. Met deze communicatietechniek, die zijn waarde al heeft bewezen, kunt u de aandacht en belangstelling van uw contactpersoon trekken.

Om een overtuigend verhaal te ontwikkelen, moet u de drie kernvragen overwegen die bedrijfsstrategiedeskundige François Batun stelt in zijn artikel *Le storytelling pour un argumentaire commercial percutant:*

- "Wat zijn de problemen waarmee mijn prospect in zijn dagelijks leven wordt geconfronteerd? Bedenk een scenario waarin het prospect zich kan herkennen;

- "Wat zijn de elementen van deze kwestie die ik ken en die mijn cliënt niet kent? Met deze vraag kunt u elementen vinden die het hele probleem van uw prospect onderzoeken. Hoe meer uw prospect via uw verhaal de kenmerken van zijn probleem verkent (inclusief aspecten waar hij niet aan dacht), hoe groter de kans dat hij in uw verhaaltraject zal trappen;

- "Hoe kan mijn contact dit probleem oplossen? De laatste elementen van je verhaal zijn het aanbod dat je doet en dat de oplossing voor het probleem blijkt te zijn.

De verkregen informatie optimaal benutten: de SONCAS(E)-methode

De behoeften van de klant zijn dus een cruciaal punt in het verkoopgesprek. Daarom raden wij u aan de SONCAS(E)-methode toe te passen, die in de marketingwereld bekend is, maar te weinig wordt toegepast. Het acroniem vat alle koopmotieven van een potentiële klant samen en maakt zo een onderscheid tussen verschillende categorieën klanten volgens hun prioritaire keuzecriteria. Dit komt doordat een klant noodzakelijkerwijs een hiërarchie aanbrengt in het belang dat hij aan elk criterium hecht. Met deze techniek kunt u uw vragen efficiënter kiezen en snel begrijpen wat uw prospect beweegt. Dit maakt het gemakkelijker voor u om de deal af te ronden. Vergeet niet om tijdens uw gesprekken naar deze verschillende beslissingshendels te verwijzen.

Onderhandelen met flair: vijf regels om te weten

Het prospect is niet altijd gemakkelijk te overtuigen en kan u om concessies of speciale voorwaarden vragen. Daarom zal weten hoe je moet onderhandelen in veel situaties een grote troef blijken te zijn. Denk aan deze vijf belangrijke punten die Victor Cabrera heeft ontwikkeld in zijn artikel *5 sleutels tot effectief onderhandelen*:

- Wees vanaf het begin ambitieus door te durven beginnen met een hoge vraag, zodat je ruimte hebt om te onderhandelen. Als u aan het begin uw minimumdrempel vaststelt, verlaagt u automatisch deze marge;

- Maak een lijst van punten waarover u van mening verschilt en geef aan welke punten voor u het minst belangrijk zijn, de punten waarvoor u bereid bent toe te geven. Ga akkoord om op deze punten te buigen, maar onderhandel over een tegenprestatie. Uw prospect zal dan denken dat hij of zij zojuist een goede deal heeft gesloten en zal eerder geneigd zijn toe te geven;

- onderhandelen over de tegenprestatie die voor jou het meest waardevol is. Dit is het cruciale moment om de balans in uw voordeel te doen doorslaan en de druk om te keren, aangezien u zojuist hebt ingestemd met een concessie;

- Je kunt terugkomen op je oorspronkelijke aanbod, maar alleen in kleine stapjes. Als u zich allemaal tegelijk terugtrekt, verliest u uw onderhandelingsruimte. Het doel is om het meeste te krijgen door het minste op te geven;

- je gesprekspartner betrekken bij de conclusie. Als u hen niet uitnodigt om te eindigen, geeft u hen de kans om verdere eisen te stellen en loopt u het risico dat zij zich uit de onderhandeling terugtrekken.

KLEIN PLUSPUNT

Om te voorkomen dat u uw tarieven moet rechtvaardigen, verschuift u de discussie naar de waarde van het aanbod, niet naar de prijs.

DE CONCLUSIE

Weten hoe je een bijeenkomst aan het einde van het gesprek afsluit is minstens zo belangrijk als de vorige stappen. Het gevaar bestaat dat al het werk dat je hebt gedaan ongedaan wordt gemaakt door een onhandige poging tot afsluiting. Daarom is het van essentieel belang te weten hoe je dit goed doet.

Trap niet in de val van het herhalen van je hele verkooppraatje. Concentreer je in plaats daarvan op het krijgen van de afspraak. Daartoe moet u de nieuwsgierigheid van uw prospect wekken, zodat hij verder wil gaan. Zeg dus niet te veel, zeg iets opvallends met een belangrijk voordeel van uw aanbod en stel voor dat ze tijdens een vergadering meer te weten komen. Als dit het geval is, benadruk dan bijvoorbeeld dat uw bedrijf het enige op de markt is dat zo'n lage prijs voor dit type product aanbiedt. Door een kans te noemen die je niet mag missen, speel je in op het idee van schaarste.

Stel tenslotte op eigen initiatief een specifieke ontmoetingsplaats en datum voor, gevolgd door een ruimere mogelijkheid (om bezwaren te voorkomen): "Zou het mij schikken om aanstaande donderdag om 11 uur naar uw kantoor te komen? Of heb je liever vrijdagmiddag?

Onthoud dat deze methode u niet elke keer een afspraak oplevert. In feite bereikt niemand 100% succes. Niettemin kunt u hiermee uw huidige resultaten aanzienlijk verbeteren. Denk eraan: telefonische prospectie is een kunst die oefening en nauwgezetheid vereist.

TOP TIPS

- Stel specifieke doelstellingen vast voor elke telemarketingsessie. Zo kunt u de resultaten van de ene sessie met de andere vergelijken en ervan leren om ze te verbeteren.

- Wees overtuigd van je aanpak en heb vertrouwen in jezelf. Als je ongerust bent, zal dat te zien zijn.

- Gebruik humor op gepaste wijze. Dit maakt het gesprek minder dramatisch en stelt uw prospect op zijn gemak. Maar overdrijf het niet: niets is erger dan een hardhandige verkoper.

- Beheers de kunst van het luisteren. Uw prospectie is succesvol als uw potentiële klant meer praat dan u. U zult waardevolle informatie uit het gesprek halen.

- Ken uw aanbod door en door. Dit lijkt misschien triviaal, maar als je niet weet wat je te bieden hebt, zul je snel door je gesprekspartner worden afgewezen en niet serieus worden genomen.

- Aarzel niet om uw prospects regelmatig te bellen. Als je eerste gesprek op het verkeerde moment kwam, wees dan niet bang om het opnieuw te proberen. *Telefoneren* is soms ook een kwestie van geluk.

- Blijf positief tegenover bezwaren en afwijzingen. Dit zal de gesprekspartner verrassen, die een dergelijke reactie niet zal verwachten. Spreek hen niet tegen, maar breng nieuwe elementen aan die hun aanvankelijke mening in twijfel kunnen trekken.

- Lieg niet over je aanbod en kom je beloftes na. Het klinkt vanzelfsprekend, maar je laten meeslepen in een onderhandeling kan gebeuren. Alles wat u zegt moet eerlijk en haalbaar zijn, anders geeft uw ontevreden tegenhanger u een slechte naam.

- Maak aantekeningen of neem uw gesprek op, zodat u geen gegevens van uw prospect kwijtraakt. Dit is de basis! Dit kan nuttig zijn bij een tweede gesprek.

- Als u bang bent informatie te vergeten over het product of de dienst die u verkoopt, houd dan een vel papier met een samenvatting bij de hand. Zorg er echter voor dat u alleen kernwoorden schrijft, zodat het niet lijkt alsof u uw argumenten voorleest.

HOE KOM JE VOORBIJ DE SECRETARIAATSBARRIÈRE?

Dit is een gevreesde stap, maar u moet ervoor zorgen dat u het secretariaat overtuigt om u door te verbinden met de besluitvormer die u wilt bereiken. Wees daarbij standvastig en gebruik een vastberaden toon. Vermeld ook de voor- en achternaam van de persoon die u wilt bereiken.

Deze luidt: "Hallo meneer/mevrouw, ik ben Victor Martin, verkoopmanager bij X, kunt u mij alstublieft doorverbinden met meneer/mevrouw X?

Door een assertieve toon te gebruiken, doet u voorkomen dat u de beslisser kent en dat uw boodschap belangrijk is. U doet het voorkomen alsof uw telefoontje door deze persoon wordt verwacht en dus legitiem is. Door dit te doen heb je een veel betere kans om deze eerste horde te nemen. Als, ondanks alles, de weg nog steeds geblokkeerd is, vraag het dan:

- op een ander tijdstip kunnen terugbellen ("Kunt u mij vertellen wanneer het beschikbaar zal zijn?");

- direct een afspraak maken ("Heb je zijn agenda voor je?").

De beste manier is natuurlijk om het rechtstreekse telefoonnummer van uw prospect te vinden, wat u deze soms moeizame en tijdrovende stap bespaart.

HOE CONTROLEERT EN BEHEERT U EEN TELEMARKETINGCAMPAGNE?

Begin met het aanleggen van een dossier met de gegevens van elk gesprek (contacten en data) en het resultaat van de communicatie (behoeften van het prospect, bezwaren, gedaan voorstel, onderwerp van het gesprek, enz.) U kunt het bijvoorbeeld organiseren in een overzichtstabel in Excel. Zo kunt u een database opbouwen, uw resultaten analyseren en uw toekomstige oproepen verbeteren dankzij de kennis van uw prospects.

HOE VOLG JE EEN POTENTIËLE KLANT EFFECTIEF OP?

U kunt uw prospect opvolgen en uw geluk een tweede keer proberen op verschillende gronden:

- leren over hun nieuwe motivaties;
- een nieuwe functie in je aanbod aan te kondigen;
- om een vraag te beantwoorden die tijdens het vorige gesprek was opengelaten;
- aanvullende informatie sturen die hen kan beïnvloeden.

Idealiter sluit u het eerste gesprek af met een opening, zodat u een legitiem excuus hebt om opnieuw contact op te nemen.

HOE KAN IK ME VOORBEREIDEN OP ONVERWACHTE SITUATIES?

Het beste is een telefoonscript op te stellen, een gespreksscenario, om voorbereid te zijn op verschillende eventualiteiten. Stel uw verkooppraatje op, uw presentatie, de mogelijke vragen en bezwaren en uw antwoorden op elk daarvan. Natuurlijk moet u uw script aanpassen aan uw prospect, personaliseer het! Hiervoor is een goede voorbereiding het beste recept.

HOE BLIJF IK KALM ALS HET PROSPECT BOOS WORDT?

Elke telefonische prospectie brengt u zijn deel van ontevreden en onbeleefde mensen. Als de beller zijn of haar ergernis wil uiten, laat hem of haar dat dan doen en luister aandachtig (u probeert altijd zoveel mogelijk informatie over hem of haar te krijgen) terwijl u probeert kalm en respectvol op zijn of haar kritiek te reageren. Toon empathie en begrip voor hun situatie. Als ze je medeleven voelen, zullen ze eerder kalmeren.

HOE ANTICIPEREN OP MOGELIJKE BEZWAREN?

Je moet je antwoorden op voorhand voorbereiden volgens je potentiële klant. Als u ze goed hebt bestudeerd, zult u gemakkelijk de gevoelige punten kunnen identificeren die het proces zullen blokkeren en argumenten kunnen ontwikkelen om deze te verhelpen. Het gaat er niet om voor elke prospect dezelfde antwoorden voor te bereiden: uw actie moet chirurgisch en gepersonaliseerd zijn.

U zult te maken krijgen met twee soorten bezwaren:

- algemene, zoals "Ik heb geen tijd", "Ik ben niet geïnteresseerd". In dit geval kan alleen uw overtuigingskracht het verschil maken;

- specifieke, zoals "ik heb al hetzelfde product van een concurrent", "het is een beetje duur", of juist "weet je zeker dat het alleen maar…? In dit geval is uw prospect tenminste een beetje geïnteresseerd, want hij vertelt u de reden van de blokkade! De deur staat dus open, dus weet hoe je binnen kunt komen door te reageren met een goed argument dat hen doet aarzelen en vervolgens van gedachten doet veranderen.

HOE ZORG IK ERVOOR DAT EEN PROSPECT AKKOORD GAAT?

Om de overeenkomst van een potentiële koper te controleren:

- vertel hem of haar over je bereidheid om samen te werken;

- maak een (haalbare) belofte voor je volgende afspraak;

- Vat de punten waarover u het eens bent geworden samen en maak een afspraak voor een volgende vergadering.

BIBLIOGRAFISCHE BRONNEN

Batun (François), "Le storytelling pour un argumentaire commercial percutant", in *D2b Consulting*, juni 2015, geraadpleegd op 3 december 2015.

http://www.d2bconsulting.fr/storytelling-pour-un-argumentaire-commercial-impactant/

Cabrera (Victor), "Hoe doe je een slimme klantenherlancering?", in *Technique De Vente*, februari 2015, geraadpleegd op 7 december 2015.

http://www.technique-de-vente.com/comment-vendre-meme-si-vous-netes-pas-parvenu-a-conclure-une-vente/

Cabrera (Victor), "Hoe slagen in telefonische prospectie", in *Technique De Vente*, mei 2015, geraadpleegd op 3 december 2015.

http://www.technique-de-vente.com/comment-reussir-une-prospection-telephonique/

Cabrera (Victor), "Telemarketeer: 14 tips voor succes", in *Technique De Vente*, augustus 2015, geraadpleegd op 3 december 2015.

http://www.technique-de-vente.com/teleprospecteur-14-conseils-pour-reussir/

Cielle (Arnaud), *Comment trouver et fidéliser vos clients*, Parijs, Dunod, 2011.

EL Kaddioui (Karim), "Telefonische prospectie: verkopen als een pro", in *Business Tool Box*, augustus 2012, geraadpleegd op 9 december 2015.

http://blog.businesstoolbox.fr/prospection-telephonique-apprenez-a-vendre-comme-un-pro/

MOUZÉ (Bruno), "10 astuces pour réussir sa prospection téléphonique", in *L'efficacité commerciale*, januari 2014, geraadpleegd op 7 december 2015.

http://lefficacitecommerciale.fr/10-astuces-pour-reussir-sa-prospection-telephonique/

"Te verwerven reflexen en te volgen tips", in *petite-entreprise. net*, augustus 2013, geraadpleegd op 10 december 2015.

http://www.petite-entreprise.net/P-3762-85-G1-prospection-telephonique-reflexes-a-acquerir-et-astuces-a-suivre.html

AANVULLENDE BRONNEN

AGUILAR (Michaël) en LAFAIX (Philippe), *Les accélérateurs de vente. 100 incontournables techniques pour vendre plus, plus vite, plus cher*, editie 2e , Parijs, Dunod, 2011.

Baudier (Michel), *Bien prospecter par téléphone pour obtenir des rendez-vous*, Parijs, Maxima, 2011.

HENRY (Isabelle), *Osez la prospection téléphonique*, Castries, COM… TEL, 2015.

MOULINIER (René), *Prospection commerciale. Stratégies et tactiques pour acquérir de nouveaux clients*, uitgave 3e , Parijs, Éditions d'Organisation, 2009.

Vendeuvre (Frédéric) en BEAUPRÉ (Philippe), *Gagner de nouveaux clients. La prospection efficace*, 4e editie, Parijs, Dunod, 2013.

We horen graag van u! Laat
een reactie achter op jouw online bibliotheek
en deel je favoriete boeken op social media!

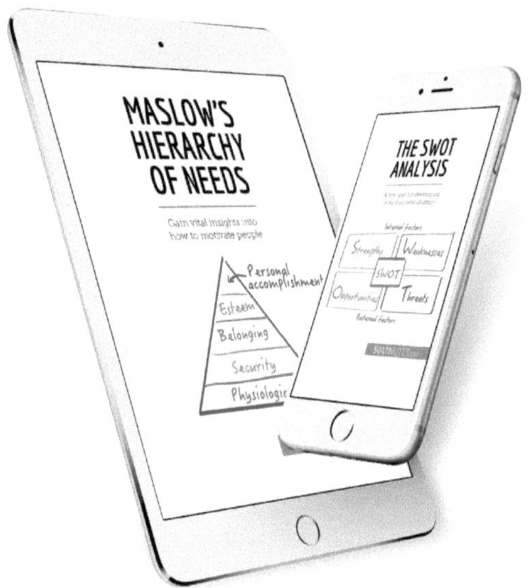

IMPROVE YOUR GENERAL KNOWLEDGE

IN THE BLINK OF AN EYE!

www.50minutes.com

Master ISBN: 9782808604642
Papier ISBN: 9782808605854
Wettelijk depot: D/2023/12603/12

Digitaal ontwerp: Primento,
de digitale partner van uitgevers.